Is this Feeling Love? 1

Is this Feeling Love?
1
STORY 1

JOLIE, CRAQUANTE…
INTELLIGENTE, DOUÉE EN TOUT…
MA GRANDE SŒUR EST APPRÉCIÉE DE TOUT LE MONDE…
ET MOI AUSSI, JE L'ADORAIS.

IL PARAÎT QUE SAKURA, LA FILLE DES SUZUKI EST ENTRÉE AU LYCÉE MEIKEI !
QUELLE CHANCE D'AVOIR UNE ENFANT AUSSI BELLE ET INTELLIGENTE... TOUT LE CONTRAIRE DE LA CADETTE !
TA SŒUR N'AVAIT AUCUN MAL À REMPLIR ÇA.
TU DEVRAIS PRENDRE EXEMPLE SUR ELLE !
DÉSOLÉ...
JE SUIS AMOUREUX DE TA SŒUR, MOI...
JUSQU'À IL Y A QUELQUES ANNÉES...
SORA ! DÉPÊCHE-TOI, TON BUS VA ARRIVER !
ÇA VA, JE SAIS !
QUAND MÊME !

POURQUOI EST-CE QU'ELLE A CHOISI UNE ÉCOLE À UNE HEURE D'ICI ALORS QU'ELLE N'ARRIVE JAMAIS À SE LEVER ... ?
ALLEZ, ALLEZ, LE BUS ARRIVE !
SUZUKI SORA, 15 ANS.
MAMAN, MON SAC !
TU NE POURRAIS PAS PRENDRE EXEMPLE SUR TA SŒUR, UN PEU ?
TIENS...
BONNE JOURNÉE, SORA...
...

CE QUE JE DÉTESTE LE PLUS ?
PFU !
DIS DONC, TU POURRAIS AU MOINS RÉPONDRE !
MA SŒUR.
HIII... HIII...
HIII... HIII...
JE L'AI EU… !
J'AI CRU MOURIR…
J'AI CHOISI UN LYCÉE À UNE HEURE D'ICI…
POUR ÊTRE SÛRE QUE PERSONNE NE LA CONNAISSE.

ザワ
SHAAA
ザワ
SHAAA
ダッ
BAAH
ダ
DAAAH
ダ

ぱあああ
UHAAAAA !
あああ
AAAAAA !
SORA ! TU AS VU TAKASU, LÀ ?!
TROP BEAU, NON ?
J'AI VU !!! J'AI VU !!!
TOUJOURS AUSSI CANON…
C'EST NOTRE IDOLE !
AVEC LES COPINES…
ON PASSE NOS JOURNÉES À PARLER DES PLUS BEAUX GARÇONS.
ICI AU MOINS, PERSONNE NE ME COMPARE À ELLE…
C'EST ÇA ! C'EST CE GENRE DE VIE QUE JE VOULAIS POUR MES ANNÉES LYCÉE !!!

D'AILLEURS UNE FILLE DU GROUPE 3 LUI A FAIT UNE DÉCLARATION, AVANT LE MATCH.
ET ? QU'EST-CE QUE ÇA DONNE ?
SÉRIEUX !?! ELLE A DU COURAGE !!!
IL LUI A COLLÉ UN RÂTEAU.
SANS SURPRISE …
ET TOI SORA, TU NE VEUX PAS TENTER TA CHANCE ?
IMPOSSIBLE !!!
IL NE ME REGARDE MÊME PAS !
L'ADMIRER ME SUFFIT AMPLEMENT !
FOUIP
FOUIP
MOI, JE PRÉFÈRE RÉVISER MES PARTIELS…
AH, VOUS AVEZ EU LES RÉSULTATS AU FAIT ?
OUI…
50 POINTS EN MOYENNE…
DISONS QUE J'AI EU LA MOYENNE, CE N'EST PAS SI MAL…
SO…
SI TU TE PLANTES DÈS MAINTENANT…
QUE…
MOI J'AI EU EN-DESSOUS…
HAA !
HAAA !
HAAA !
POURTANT JE SUIS SÛRE QUE TU AS DES CAPACITÉS…
AH, FICHEZ-MOI LA PAIX !
DE TOUTE FAÇON, ÇA NE SERT À RIEN, MES EFFORTS NE PAIENT JAMAIS !!!
LES 1RE ANNÉE, AU FOND !!!
HEIN ?

!!!
FIGÉES.
BLOOOOOM
L'ENTRAINEMENT EST CENSÉ AVOIR COMMENCÉ...
QU'EST-CE QUE VOUS FICHEZ ICI ?

TAP
TAP
TAP
...
...
IL...
SI C'EST POUR DISCUTER, SORTEZ D'ICI.
VOUS NOUS DÉCON-CENTREZ.
IL FAIT SUPER PEUR !!!
MALGRÉ SON SOURIRE...
C'EST QUI, CE TYPE !?!
RASSEMBLEMENT !
C'EST LE CAPITAINE DU CLUB DE VOLLEY CHEZ LES GARÇONS, KATAOKA SENPAI.

TOUT LE MONDE DIT QU'IL EST REDOUTABLE...
...
TOUT CE QUE JE VEUX, C'EST PROFITER AU MAXIMUM DE MA VIE AU LYCÉE...
HA !
J'AI OUBLIÉ MON PORTABLE DANS LA SALLE DU CLUB !
ALLEZ-Y, MOI JE VAIS LE RECHERCHER !
OK !
FILLES
CLUB DE VOLLEY
VESTIAIRES
OUF...
IL ÉTAIT BIEN LÀ !
CLUB DE VOLLEY
VESTIAIRES
LA PORTE EST OUVERTE ? IL Y A ENCORE DE LA LUMIÈRE... ?
ILS ONT OUBLIÉ DE L'ÉTEINDRE... ?
SHIII
IL Y A ENCORE QUELQU'UN ?
HA... KATAOKA SENPAI !!!

BAAAH
GARÇONS
CLUB DE VO
VESTIAI
...
IL PLEURE !?!
!?!
JE VIENS DE TOMBER SUR UNE SCÈNE QUE JE N'AURAIS PAS DÛ VOIR...
VÉRIFIONS...
...
GARÇONS
CLUB DE VOLLEY
VESTIAIRES

!!!
GLOUP
POURQUOI PILE MAINTENANT !?!
WHAA !
WHAA !
WHAAA !
BLOM
BLAM BLOM
QUI EST LÀ ?
VLAAAM
JE VAIS ME FAIRE GAULER !!!
HA...
HA HA...
QUEL... QUEL HASARD !
SENPAI...
TU ES...
EN 1RE ANNÉE AU VOLLEY FÉMININ, NON ?

JE PEUX SAVOIR CE QUE TU FAISAIS ICI ?
MÊME QUAND IL SOURIT, IL FAIT PEUR !
HEU... JE SUIS JUSTE VENUE RECHERCHER UN TRUC...
JE T'ASSURE QUE JE NE T'AI PAS VU PLEURER, HEIN...
HA...
SUZUKI SORA... C'EST BIEN ÇA ?
OU... OUI...
SHIII
TU M'ÉCOUTES BIEN ? TU VAS OUBLIER CE QUE TU AS VU...
ET N'EN PARLER À PERSONNE.

CE SERAIT VRAIMENT BIEN QUE TU ACCEPTES DE TENIR TA LANGUE, HUM ?
BRRR
SUITE À ÇA, MA PETITE VIE DE LYCÉENNE TRAN-QUILLE…
EST DEVENUE UN ENFER, SURVEILLÉE PAR UN CAPITAINE PARTICULIÈ-REMENT INTIMIDANT.
GLOUP
SHiii
SHiii
TERMINÉE, MA SCOLARITÉ INSOUCIANTE…

GHHH...
POURQUOI EST-CE QU'IL VEUT ME VOIR, CETTE FOIS ?
J'EN AI MARRE DE CES JOURNÉES HORRIBLES...
TU ES BEL ET BIEN VENUE ?
FÉLICITATIONS !
GLOUP
!?!
HEU... SENPAI... QU'EST-CE QUE... ?
ENCORE...
JE N'AI PAS L'INTENTION D'EN PARLER AUX AUTRES, ALORS...
HUM, MERCI.
C'EST JUSTEMENT POUR ÇA QUE JE VOULAIS TE REMERCIER.
PAS BESOIN, ÇA IRA !!!

COMME ON EST DU MÊME CLUB...
JE VAIS T'ENTRAÎNER POUR QUE TU SOIS AU MOINS CAPABLE DE PARTICIPER AUX COMPÉTITIONS.
FRANCHEMENT, ON NE DIRAIT PAS QUE TU EN AS FAIT AU COLLÈGE !
GRRR
...
C'EST-À-DIRE QUE...
JE ME SENS TRÈS BIEN COMME ÇA, MOI...
HUM ?
TU AS DIT QUELQUE CHOSE ?
NON...
RIEN...
JE VOULAIS JUSTE M'AMUSER AU CLUB, MOI !!!
METS TON POIDS EN ARRIÈRE...

LAISSE TON COUDE EN HAUTEUR...
LA MAIN !
VLAAAM
HA...

POM
J'AI RÉUSSI MON SERVICE !
!
SEN...
FROT FROT
TU T'ES BIEN AMÉLIO-RÉE !
TU VOIS QUE TU PEUX !
BON COURAGE POUR LE MATCH.

ON N'ARRÊTAIT PAS DE DIRE QU'IL FAIT PEUR, MAIS...
" BON COURAGE "... ?
LES FILLES, RASSEM-BLEMENT !
JE VAIS DÉSIGNER CELLES QUI PARTICIPERONT AU PROCHAIN MATCH.
COMME C'EST UN MATCH AMICAL, ON VA FAIRE PARTICIPER LES 1RE ANNÉE AUSSI.
JE NE M'ENTRAINAIS PAS SÉRIEU-SEMENT AU COLLÈGE ALORS JE M'EN FICHAIS, MAIS...

SI SEULEMENT JE POUVAIS ÊTRE APPELÉE, CETTE FOIS...
... KI...
SUZU-KI...
SUZUKI !
HA !
HA... SENPAI...
CE N'EST PAS LE MOMENT !
ON VOUS A ANNONCÉ LES SÉLECTIONS POUR LE MATCH, NON ?
ALORS ?
JE...

C'EST ÉVIDENT QUE JE N'ALLAIS PAS ÊTRE PRISE, MOI !
POURQUOI EST-CE QUE TU ME POSES LA QUESTION ALORS QUE TU LE SAIS AUSSI ?
DE TOUTE FAÇON, JE NE ME FAISAIS PAS D'ILLUSIONS, C'EST TOUJOURS COMME ÇA.
TOI NON PLUS TU NE CROYAIS PAS EN MOI, EN PLUS !
POURQUOI EST-CE QUE TU DIS ÇA ?
JE TE L'AI DEMANDÉ PARCE QUE JE T'AI VUE T'ACCROCHER.
COMMENT EST-CE QUE TU PEUX TE DÉNIGRER AUSSI FACILEMENT ?

GHH...
JE M'AMUSAIS BIEN, JUSQUE-LÀ...
LES GENS COMME TOI, CEUX QUI SONT TOUJOURS CHOISIS, NE PEUVENT PAS COMPRENDRE CE QUE JE RESSENS !
JE ME SENS NULLE...
MOI QUI AI CHOISI UNE ÉCOLE TRÈS ÉLOIGNÉE POUR NE PLUS SUBIR ÇA...
MAIS... HO !
C'EST LE CAPITAINE DU VOLLEY...
UN
ANNÉE L'A FAITE PLEURER
SUZUKI !

J'EN AI MARRE D'ÊTRE COMME ÇA...
!!
JE... JE NE VOULAIS PAS...
TE FAIRE PLEURER, EN T'EN PARLANT...
HOUU...
HOUU...
MAIS TU L'AS DIT !
...
SHII
BON...
PUISQUE C'EST ÇA...
... ?

HEIN ?
HEIN ?
MAIS... MAIS...
IL EST TROP PRÈS... !
SE...
SENPAI !!!
BAAH
QUE... QU'EST-CE QUE TU FAIS !?!
PFU...
!?!

JE PENSAIS QU'EN TE SURPRENANT, TU ARRÊTERAIS DE PLEURER !
TU L'AS PRIS AU SÉRIEUX ?
JE...
IL EST IGNOBLE !!!
BAAAH
JE RENTRE, PUISQUE C'EST ÇA !!!
HA, SUZUKI !
...
JE T'INTERDIS DE REPARLER DE TOI COMME ÇA, COMPRIS ?

HAA...
J'HALLUCINE...
HAA...
HAA...
POUR QUI...
POUR QUI EST-CE QU'IL SE PREND, À SE MOQUER D'UNE NULLE COMME MOI !?!
HA, IL NE VOULAIT PLUS QUE JE ME DÉNIGRE...
HA
N'EMPÊCHE QU'IL A RECONNU QUE J'AVAIS FAIT DES EFFORTS...
IL M'A MÊME CONSO-LÉE...
ET LUI, POURQUOI EST-CE QU'IL PLEURAIT ?

!!
QU'EST-CE QUE ÇA PEUT BIEN ME FAIRE ?
APRÈS TOUT, JE M'EN FICHE !
FOUIP
FOUIP
BAH, ET SI JE M'ACCROCHAIS ENCORE UN PEU... ?
CE...
C'EST MOI !
HA !
BONSOIR, SORA !
...
...

... BONSOIR.
HEM...
VLAAM
TAP TAP
ÇA FAISAIT LONGTEMPS QU'ON NE S'ÉTAIT PAS PARLÉES...

ヴ VHHH
ヴ VHHH
ヴ VHHH
ヴ VHHH
19:57
Calling
SAKURA SUZUKI
0805484…
IGNORER
RÉPONDRE
PiP
ALLÔ ?

QUOI, TU VEUX ENCORE ME PARLER DE TON COPAIN ?
SUZUKI SORA, 15 ANS.
POUR UNE FOIS, J'AI L'IMPRESSION D'AVANCER UN PEU.
L'AUTOMNE DE LA 1re ANNÉE AU LYCÉE...

STORY
2

LYCEE PRIVÉ SH
ザワ
WHAAA
ザワ
WHAAA

SUZUKI, À TOI !!!
HA...
J'AI... !
SHLAAAC
...
FIN DU 4e SET !
WHAA
WHAA
TU NE MANGES PAS TON DÉJEUNER, SORA ?
TU NE TIENDRAS JAMAIS, CET APRÈS-MIDI !
SNIF...
JE SAIS...

JE M'ÉTAIS FAITE UNE RAISON POUR LE MATCH, MAIS FINALEMENT J'AI DÛ PARTICIPER EN REMPLACEMENT.
ぱしー
PLAAAF
HA !
BOM
DOMMAGE, JE N'AI VRAIMENT SERVI À RIEN...
C'EST QUAND MÊME RAGEANT...
IL NE ME RESTE PLUS QU'À M'ENTRAÎNER...
JE M'EN DOUTAIS, POURTANT ... !
JE VAIS ME LAVER LES MAINS.
À TOUT DE SUITE !
...
HA, L'ÉQUIPE ADVERSE ...
TU SAIS, LE NUMÉRO 13 QUI EST ENTRÉ APRÈS UN REMPLACEMENT...
QUOI, MOI ?

ON PEUT DIRE QUE C'ÉTAIT UNE AUBAINE !
HO OUI, ELLE ÉTAIT NULLE…
IL SUFFIT DE LA VISER POUR FAIRE DES POINTS FACILEMENT !
BLOM
AUBAINE.
NULLE.
BLOM
POINTS FACILES.
BLOM
N°13 DE REMPLACEMENT.
ON VA TOUS S'ACHARNER SUR ELLE, CET APRÈS-MIDI !
GRRR
HÉ BIEN, ELLES NE TE MÉNAGENT PAS !
SHiii
!!!

SLURP
...
BAH, ELLES ONT RAISON REMARQUE.
BLOOOM
SENPAI, QU'EST-CE QUE TU FAIS ICI ?
MOI ? JE ME DEMANDAIS JUSTE SI TU ALLAIS DÉPRIMER À LA PREMIÈRE OCCASION, ALORS...
JE SUIS VENU VOIR ÇA !
POUR RIGOLER UN PEU !
E... ESPÈCE DE...
GNiii
GRRR

IL SE FICHE DE MOI !!!
RATÉ, CE N'EST PAS LE CAS !!!
AH BON ?
...
HÉ NON...
C'EST RAGEANT, MAIS ELLES ONT RAISON.
DE TOUTE FAÇON, JE COMMENCE À PEINE À M'Y METTRE.
JE VAIS M'ACHARNER ET PROGRESSER ! PAS QUESTION DE RESTER SANS RIEN FAIRE !
TU VERRAS !

PFU...
TU VAS DEVENIR SI DOUÉE QUE ÇA ?
... HEIN ?
T'ES GONFLÉE DE LA RAMENER COMME ÇA ALORS QUE TU NE T'ES ENCORE JAMAIS VRAIMENT ENTRAINÉE !!!
DEMAIN, JE NE VAIS PAS T'ÉPARGNER, TU VAS VOIR !
FROT
GNiii
JUS
!?!
!?!
!?!

MAIS QUE... SENPAI !?!
HO !
C'EST QUOI, CE TRUC !?!
POM
DU JUS DE FRUITS ?
LAIT FRAISE, MON PRÉFÉRÉ...
FRAISE
SENPAI, JE...
ON VA BIENTÔT REPRENDRE, NE TRAINE PAS...
ET VA VITE MANGER !
HEIN ?
DIS...
C'EST POUR MOI ?
HA...
JE LE BOIS, HEIN !
VAS-Y !

IL L'AVAIT ACHETÉ POUR MOI DEPUIS LE DÉBUT ?
DIS, SENPAI...
JE NE SUIS ENCORE SÛRE DE RIEN, MAIS...
JE CROIS QUE GRÂCE À TOI, JE VAIS TROUVER LA FORCE D'AVANCER...

AH, DÉSOLÉE...
JE DOIS RETOURNER AVEC LES AUTRES...
POM
... !
GLOUP
!!!
WHA ! TAKASU !!!
BOUM
OUF...
HA, SUZUKI ?
TU M'AS FAIT PEUR !
HEIN ?
PEUR ?

RIEN, C'EST JUSTE QUE DES FILLES ME COURENT APRÈS MÊME PENDANT LE MATCH...
...
J'AI HORREUR DE ÇA, MOI...
HA !
D'AILLEURS TU ES REMPLAÇANTE, NON ?
JE T'AI VUE...
BOUM
!!!
LA HONTE, IL M'A VUE ME PLANTER !?!
JE... JE SAIS QUE J'ÉTAIS NULLE, C'EST BON...
JE T'ASSURE...
J'AI TROUVÉ QUE TU AVAIS BIEN PROGRES-SÉ...
HEIN ?
MAIS NON...

HEIN ? C'EST VRAI !?!
OUI, JE TE JURE.
TU T'ES AMÉLIORÉE.
TAKASU M'A FÉLICITÉE !!!
EN PLUS, ON A DISCUTÉ, RIEN QUE TOUS LES DEUX !!!
JE SUIS TROP CONTENTE !!! ♡
?
TIENS ?
C'EST TOI, SUZUKI ?
?
HA, MAIS OUI !

TU FAIS ENCORE DU VOLLEY ?
NON... ?
QU'EST-CE QU'IL FAIT ICI ?
MAIS SI ! EN PLUS VOUS VOUS ENTENDEZ BIEN !
OUI, POURQUOI PAS... ?
SUGIYAMA !
HEU... JE...
JE CROIS QUE JE T'AIME...
ALORS...

DÉSOLÉ...
JE SUIS AMOUREUX DE TA SŒUR, MOI...
ÇA ME RAPPELLE DE MAUVAIS SOUVENIRS...
TA SŒUR N'EST PAS LÀ, AUJOURD'HUI ?
ELLE VENAIT TOUJOURS TE VOIR, AU COLLÈGE.
PAS AUJOURD'HUI...
NON...
HA BON, DOMMAGE.
IL N'Y A PAS BEAUCOUP DE FILLES AUSSI CANON QU'ELLE DANS MON BAHUT, ALORS J'AURAIS BIEN AIMÉ LA REVOIR !

AH ! TU L'AS DÉJÀ VUE PENDANT LES ENTRAI-NEMENTS, OU PAS ?
NON, PAS QUE JE SACHE...
HA BON ? ELLE EST SUPER CANON !
SÉRIEUX !
À CE POINT ?
ÇA ME DONNE PRESQUE ENVIE DE VOIR ÇA...
...
EX...

EXCUSEZ-MOI, JE DOIS REJOINDRE LES AUTRES !
HEIN ? SUZUKI ?
SUZUKI ?
BOUM !
BOUM !
BOUM
IL A RAISON...
QUOI QUE JE FASSE, JE FAIS PARTIE DE CEUX QUI NE RÉUSSISSENT JAMAIS.
NICE ATTACK !
VAS-Y SENPAI !
DIRE QUE J'AI FAILLI Y CROIRE, L'ESPACE D'UNE SECONDE...

JE N'AI ABSOLUMENT PAS...
CHANGÉ DE SITUATION...
SUZUKI, LA BALLE ... !!!

BLAAAM
WHAA
HA !
SUZUKI, ÇA VA !?!
ÇA A FAIT UN SACRÉ BOUCAN !!!
WHAA
WHAA
PLIC
...

!?!
DU SANG !?!
SHI...
JE SAIGNE DU NEZ...
LA HONTE !!!
J'AI L'AIR RIDICULE...
NON SEULEMENT JE N'AI RIEN RÉUSSI À FAIRE...
MAIS EN PLUS, JE FINIS DANS CET ÉTAT...

RIEN NE CHANGE.
QUOI QU'IL ARRIVE...
JE RESTERAI TOUJOURS DU CÔTÉ DES PERDANTS.

TAP
TAP
TAP
HA... !
!!
PLAF
!!
APPUIE SUR TON NEZ AVEC ÇA.
HEIN... ?

!?!
WOUAAAAAH !!!
JE L'EMMÈNE À L'INFIRMERIE.
POURSUIVEZ LE MATCH.
GHH...
MAIS...
SENPAI !?!
WOUAH !
JE PEUX MARCHER !
POM
DESCENDS-MOI !
ALLEZ !
BOM
BOUGE ENCORE ET JE TE LARGUE SUR LE PLANCHER !
GLOUP

J'HALLUCINE !?!
SENPAI... ?

STORY 3
MATHS 1A CONTRÔLES

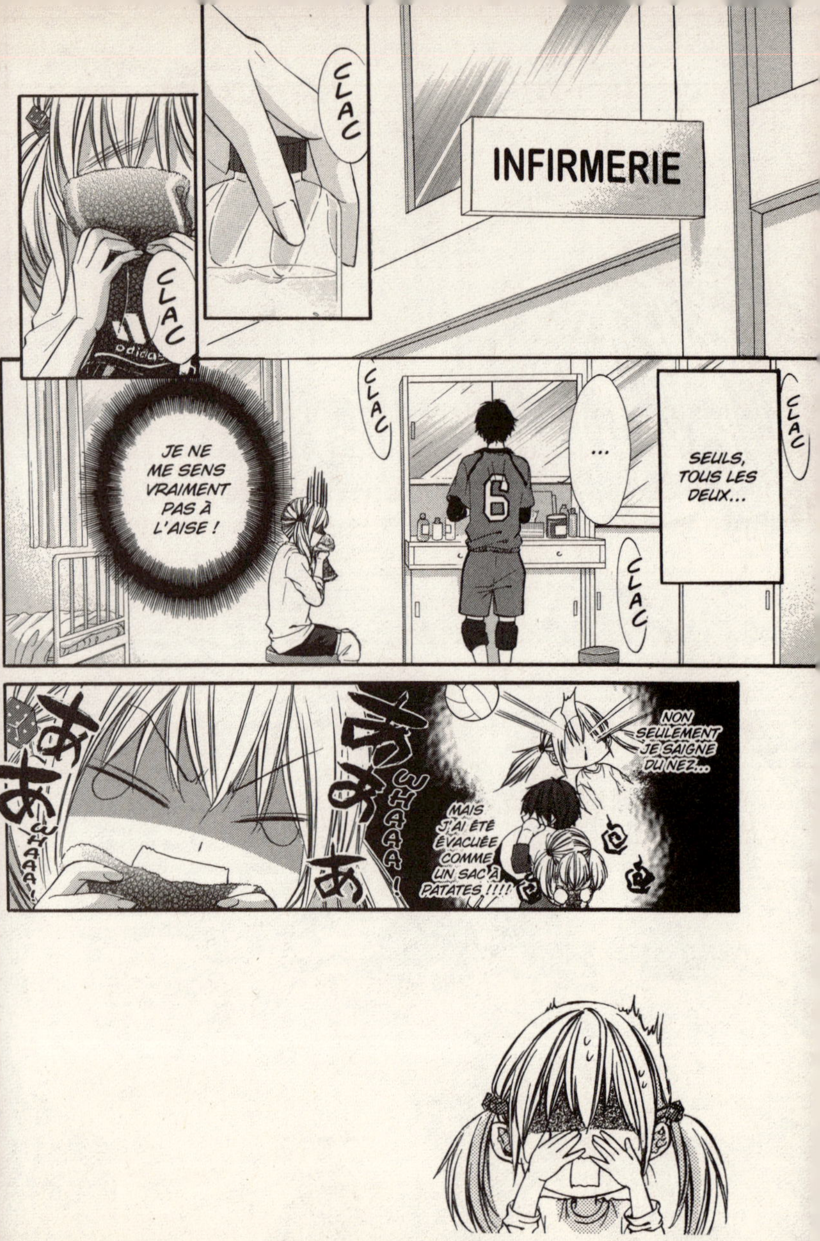
INFIRMERIE
CLAC
CLAC
SEULS, TOUS LES DEUX...
CLAC
...
CLAC
CLAC
JE NE ME SENS VRAIMENT PAS À L'AISE !
NON SEULEMENT JE SAIGNE DU NEZ...
MAIS J'AI ÉTÉ ÉVACUÉE COMME UN SAC À PATATES !!!!
あああ
WHAAAA !
ああ
WHAAA !

POUR UNE FILLE C'EST LA HONTE, NON !?!
HA, ÇA S'EST ARRÊTÉ...
EN PLUS...
IL NE DIT PAS UN MOT DEPUIS TOUT À L'HEURE !
SI JE RÉUSSISSAIS À M'ÉCLIPSER D'ICI...
SHIIII
HO !
OUI !?!
SHOUU
POURQUOI EST-CE QUE TU RÊVASSAIS PENDANT LE MATCH ?
JE SAIS BIEN QUE TU NE JOUAIS PAS, MAIS SI TU AVAIS ÉTÉ PLUS ATTENTIVE ÇA NE SERAIT PAS ARRIVÉ !

IL EST FURIEUX...
JE SUIS DÉSOLÉE...
JE SAIS...
ALORS, POURQUOI EST-CE QUE TU ÉTAIS DANS LA LUNE ?
HEIN ?
ぴと
PIC

SI TU NE ME DIS PAS POURQUOI, JE CONTINUE DE DÉSINFECTER.
HA...
AÏE !!!
JE SUIS SÛRE QU'IL EN EST CAPABLE...
MÊME AVEC UNE FILLE...
GLOUP
...
GNiii
...
JE...

JE SUIS ENFIN DANS UNE ÉCOLE ÉLOIGNÉE DE MA SŒUR, ET POURTANT...
C'EST COMME AVANT !
FINALEMENT, ÇA NE CHANGERA JAMAIS !
TOUT LE MONDE NE PARLE QUE D'ELLE...
MA GRANDE SŒUR PAR-CI, MA GRANDE SŒUR PAR-LÀ...

JE ME DEMANDAIS UN PEU SI ÇA VALAIT LA PEINE...
QUE J'EXISTE...
HAA, MAIS QU'EST-CE QUE JE FABRIQUE EN LUI RACONTANT ENCORE ÇA... ?
PIM
ぴ
とっ
!!!
WOUAAAH !!!
PFU !

DIS DONC !!! TU ABUSES, J'AI RÉPONDU !!!
C'EST FINI...
PEUT-ÊTRE, MAIS TU DIS DES ÂNERIES.
DES... ?
JE SUIS VRAIMENT TRACASSÉE, MOI !!!
J'EN ÉTAIS SÛRE, IL EST VRAIMENT...
C'EST VRAI, NON ?
PERSONNE NE T'A JAMAIS FAIT CE GENRE DE REMARQUE AU CLUB, MOI NON PLUS.
TU ES LA SEULE QUI RESTE ENCORE FOCALISÉE SUR TON PASSÉ !

ARRÊTE DE TOUT REMETTRE SUR CETTE HISTOIRE DE GRANDE SŒUR.
CERTAINS ICI TE VOIENT TELLE QUE TU ES VRAIMENT.

J'AVAIS VAGUEMENT COMPRIS CELA, MAIS JE PRÉFÉRAIS FERMER LES YEUX...
ET LUI, IL ENFONCE TOUTES MES BARRIÈRES.
IL ME DONNE LES MOTS QUE J'ATTENDAIS...
ALORS ?
PARLE-MOI DE TA SŒUR !
HEIN ?
MA GRANDE SŒUR ... ?

...
ELLE A UN AN DE PLUS QUE MOI, EN 2E ANNÉE...
HA BON ... ?
ELLE S'APPELLE SAKURA SUZUKI.

QUOI, C'EST TOUT ?
REVIENS QUAND TU TE SENTIRAS MIEUX.
BIEN !
CLAP
QUAND JE SUIS AVEC LUI, J'AI L'IMPRESSION QUE MES SOUCIS...
NE SONT PAS SI IMPORTANTS QUE ÇA...
INFIRMERIE
HAA...
BON, JE RETOURNE AU GYMNASE.

C'EST ELLE...
LA PETITE SŒUR DE SAKURA ?

HA...
ILS ONT COURS DE SPORT ?
WOUAH, IL A L'AIR CREVÉ...
WOUAAH...
SORA !!!
どーん
BLOM
!!
QU'EST-CE QUE TU REGARDES ?
HA... ENCORE KATAOKA SENPAI !?!
HA !
NE...
NE ME DIS PAS QUE...

TU... TU CRAQUES VRAIMENT POUR LUI... ?
SHiiii かあぁ...
...
HEU...
C'EST BIEN...
POS-SIBLE ...
...
JE NE SAVAIS PAS QUE TU ÉTAIS MASO À CE POINT !!!
!?!
PFU...

COMMENT ÇA, MASO ?
POURQUOI EST-CE QUE JE SERAIS MASO DE L'AIMER PEUT-ÊTRE ?
C'EST VRAI QU'IL S'ACHARNE UN PEU SUR MOI, MAIS BON...
ザワ WHAA
ザワ WHAA
WOUAH...
QUE DES 2E ANNÉE... J'HÉSITE UN PEU...
ALLEZ, ÇA VA ALLER !
C'EST JUSTE POUR LUI RENDRE SA SERVIETTE...
PAS DE TACHE DE SANG, HEIN ?
OK !

2-5
HEIN ? QUOI ? POUR KATAOKA ?
HO !
WHAAA
UNE 1re ANNÉE !
AIE
BOUM
BOUM
BOUM
BOUM
HEU... OUI...
IL N'Y A QUE DES GARÇONS, EN SECTION SCIENTIFIQUE... ?
UNE FILLE VIENT VOIR TAKAOKA, L'ÉTERNEL CÉLIBATAIRE !!!
WHAA
WHAAA
?
?
HEIN ?
HA HA HA !
DÉSOLÉ, ÇA NOUS A JUSTE UN PEU SURPRIS...
POUSSEZ PAS !
APPA-REMMENT IL N'EST PAS LÀ.
HA BON ?
PAR CONTRE, TOI...

TU ES DU MÊME CLUB ?
HEIN ?
HEU, OUI...
VOUS SORTEZ ENSEMBLE, ALORS ?
SHii
SHii
SHii
!?!
PAS... PAS DU TOUT !!!
JE SUIS JUSTE VENUE LUI RENDRE UNE SERVIETTE QU'IL M'AVAIT PRÊTÉE !
PFU !
QUOI, C'EST TOUT ?
POUR UNE FOIS QU'UNE FILLE VIENT LE VOIR...

POUR... UNE FOIS ?
BIN OUI...
IL EST PLUTÔT PAS MAL, MAIS IL NE SORT JAMAIS AVEC PERSONNE !
JAMAIS AUCUNE NANA NE VIENT LE VOIR, ALORS...
ON SE DEMANDAIT S'IL N'ÉTAIT PAS ENCORE AMOUREUX DE LA MÊME FILLE QU'AU COLLÈGE...
J'HALLUCINE...

BOUM...
LA FILLE QU'IL AIMAIT AU COLLÈGE ?
ILS N'ÉTAIENT PAS DU MÊME ÉTABLIS-SEMENT, JE CROIS...
OUI, C'ÉTAIT SEULEMENT EN COURS PARTICU-LIERS.
CECI DIT IL N'EN A JAMAIS BEAUCOUP PARLÉ, ALORS ON N'EN SAIT PAS PLUS...
IL NE PARLE PAS SOUVENT DE LUI...

2-5
...
ALORS L'AUTRE JOUR...
QUAND IL PLEURAIT...
C'ÉTAIT À CAUSE D'ELLE... ?
SUZUKI ?

J'AIMERAIS BIEN LUI DEMANDER...
QU'EST-CE QUE TU FAIS ICI ?
SURTOUT NE LUI RÉPÈTE PAS, COMPRIS ?
?
2-5

CE… C'EST LA SERVIETTE QUE TU M'AS PRÊTÉE PENDANT LE MATCH !
MERCI BEAUCOUP !
TU POUVAIS ME LA DONNER PENDANT L'ENTRAÎNEMENT…
…
SHIII
…
…
?
IDIOTE, COMMENT EST-CE QUE JE POURRAIS LUI DEMANDER ÇA EN FACE !?!
HEU… BON, J'Y VAIS !!!

?
TAP
TAP
TAP
J'AI PEUR...
MAIS ÇA ME TITILLE...

2-5
QU'EST-CE QU'ELLE T'A DONNÉ ?
C'EST JUSTE MA SERVIETTE !
EST-CE QU'IL AIME ENCORE CETTE FILLE ?

STORY
4

2-5
ON SE DEMANDAIT S'IL N'ÉTAIT PAS ENCORE AMOUREUX DE LA MÊME FILLE QU'AU COLLÈGE...

CE QU'ILS M'ONT APPRIS...
ME RESTE SUR LE CŒUR, ÇA ME TRA-CASSE...
À PART ÇA, TOUT VA POUR LE MIEUX !
SHiii

パタ
TAP
パタ
TAP
PARFAIT !
TOUT EST BIEN MIS...
SORA ?
GLOUP
TU T'HABILLES EN UNIFORME UN DIMANCHE ?

HEU, OUI... ON A UN MATCH CONTRE TON ÉCOLE, AUJOURD'HUI.
どき BOUM
どき BOUM
ON AVANCE PETIT À PETIT, MAIS...
DEPUIS L'AUTRE JOUR, ON RECOMMENCE À SE PARLER COMME AVANT.
ARRÊTE DE TOUT REMETTRE SUR CETTE HISTOIRE DE GRANDE SŒUR.
CERTAINS ICI TE VOIENT TELLE QUE TU ES VRAIMENT.
TU AS L'AIR DE BIEN T'AMUSER, DEPUIS QUELQUES TEMPS.

HEIN ?
TU ME REPARLES AUSSI...
IL S'EST PASSÉ QUELQUE CHOSE, À L'ÉCOLE ?
HEU...
NON...
RIEN DE PARTICULIER !
AUJOURD'HUI AUSSI, ON ARRIVE À DISCUTER !
LE CAPITAINE DU CLUB MASCULIN N'ARRÊTE PAS DE NOUS ENGUEULER ALORS QUE NOUS SOMMES DES FILLES...
ET DÈS QU'ON CAUSE UN PEU, IL NOUS TIRE DESSUS ! IL FAIT TROP PEUR !
HA BON ?
AH, ELLE RIGOLE...
HI HI !

CERTAINS ICI TE VOIENT TELLE QUE TU ES VRAIMENT.
EN FAIT, AU DÉBUT...
JE CROYAIS QU'IL ÉTAIT MÉCHANT, MAIS...
JE VIENS DE COMPRENDRE QU'IL A AUSSI BEAUCOUP DE BONS CÔTÉS...
...

JE RÊVE OU EST-CE QUE TU ES AMOUREUSE ?
PFUUU !
!!!
QUE...
QUOI !?!
JE N'AI PAS DIT ÇA !
TU AS TOUJOURS ÉTÉ COMME UN LIVRE OUVERT !
HI HI !
HI HI !
UN LIVRE OUVERT !?!
J'AI INTÉRÊT À FAIRE ATTENTION, DEVANT LUI...
BAH, C'EST UNE BONNE CHOSE ! C'EST BEAU, LA JEUNESSE...
HA HA !
?
QU'EST-CE QUE TU RACONTES ?
TU PASSES DE L'UN À L'AUTRE, TOI !

ET SINON, IL EST COMMENT ?
!!
...
BIN...
HOU...
J'AURAIS DÛ M'EN DOUTER...
IL S'APPELLE KATAOKA, EN 2E ANNÉE.
IL EST ASSEZ INTIMIDANT !
KATAOKA ?
BAH, ILS NE SONT PAS DE LA MÊME ÉCOLE, AUCUN POINT COMMUN...
JE N'AI PEUT-ÊTRE PAS BESOIN DE M'INQUIÉTER... ?

OUI...
KYÔHEI KATAOKA...
JE CROIS...

C'EST ÇA...
QUE TU VOULAIS SAVOIR ?
KYÔHEI...
KATAOKA ... ?
SORA...
CE GARÇON...
IL EST DÉJÀ CETTE HEURE !?!
HA, LA POISSE !!!
HEIN ?
DÉSOLÉE, JE DOIS Y ALLER...

...
HA...
GRANDE SŒUR...
POURQUOI EST-CE QUE TU NE REVIENDRAIS PAS VOIR MES MATCHS, COMME AVANT ?

DING DONG
!!!
LES VOILÀ !
BON, J'Y VAIS !
VLAAM
...
JE N'AI PAS EU LE TEMPS DE LUI EN PARLER...
LE CAPITAINE QU'ELLE CONNAÎT, C'EST BIEN KATAOKA... ?

ザワ WHAA
ザワ WHAA
ON A TROUVE TA MAISON FACILEMENT, SORA...
TANT MIEUX !
DES AMIES ... ?
ELLES L'APPELLENT MÊME PAR SON PRÉNOM...

LA CHANCE...
ELLE EST GENTILLE, MAIS COMME COPINE...
SI C'EST POUR QU'ON NOUS COMPARE, NON MERCI !
HEIN ? SHIRAISHI AUSSI LUI A DEMANDÉ DE SORTIR AVEC LUI ?
DIRE QUE JE CRAQUAIS POUR LUI...
J'EN AI MARRE D'ÊTRE TA SŒUR !
CELUI QUE J'AIME CRAQUAIT ENCORE POUR TOI !
JE TE DÉTESTE !
CE SERAIT LA CLASSE DE SORTIR AVEC ELLE !
OUAIS, ON POURRAIT SE VANTER AUPRÈS DES AUTRES...
ELLE N'EST MÊME PAS MARRANTE, MAIS AU MOINS ELLE EST CANON !

ザワ WHAA
ザワ WHAA
ザワ WHAA
PERSONNE NE ME VOIT TELLE QUE JE SUIS...
COURS DU SOIR SHŪEI
TU ES AU COURANT, POUR SUZUKI ?
AH OUI, ELLE A ENCORE DIT NON. ÇA EN FAIT COMBIEN, CETTE ANNÉE ?
ON NE SERA JAMAIS HEUREUSES TANT QU'ELLE SERA DANS LES PARAGES, VIVEMENT QU'ELLE DÉGAGE !
JE NE COMPTE PAS POUR EUX...

UNE PLACE...
UNE PLACE LIBRE...
HA !
GLOUP
HOU...
...
IL N'Y A QUE LÀ... ?
AH...
HEU...
CLANG
SHIII
ELLE FAIT EXPRÈS DE PLEURER POUR QU'UN GARÇON VIENNE LA CONSOLER, ENCORE...
ELLE M'AGACE !
SHIII
...

HEM... JE PENSE SAVOIR POURQUOI TU PLEURES, MAIS...
TU SAIS, ELLES SONT JUSTE JALOUSES DE TOI.
SI TU AS QUELQUE CHOSE SUR LE CŒUR, DIS-LEUR AU LIEU DE PLEURER DANS TON COIN.
!!!
JE NE POURRAI JAMAIS, SI C'EST POUR QU'ON SE DISPUTE...
QUI C'EST, CELUI-LÀ ?
ÇA NE CHANGERA PAS BEAUCOUP, SI ?

IL N'EST PAS GÊNÉ, C'EST LA PREMIÈRE FOIS QU'ON SE VOIT !
N'EMPÊCHE...
JE DOIS AVOUER QU'IL A RAISON...
SHIII
TU AS VU LES RÉSULTATS DES PARTIELS BLANCS AFFICHÉS ?
SHIII
SHIII
SUZUKI EST DANS LES 10 PREMIERS... ELLE EST INTELLIGENTE EN PLUS D'ÊTRE BELLE, QU'EST-CE QU'ELLE FICHE ICI ?
SI TU AS QUELQUE CHOSE SUR LE CŒUR, DIS-LEUR !
...
JE N'AI PAS À SUBIR LEURS MOQUERIES...
DITES...

!?!
SUZUKI… ?
SI QUELQUE CHOSE NE VOUS PLAÎT PAS, VENEZ ME LE DIRE EN FACE !
QU'EST-CE QU'ELLE A ?
…
TU CROIS QU'ELLE NOUS A ENTENDUES ?
ZUT…
C'EST FAIT, J'ESPÈRE QUE ÇA NE VA PAS SE RETOURNER CONTRE MOI…
PAS MAL !

JE NE PENSAIS PAS QUE TU LE FERAIS VRAIMENT, FÉLICITATIONS !

CE N'EST PAS COMME ÇA QUE JE VAIS ME FAIRE DES AMIS !
NE T'INQUIÈTE PAS, JE SUIS SÛR QU'ILS COMPRENDRONT BIENTÔT QUI TU ES.
CE N'EST QU'UNE QUESTION DE TEMPS !
QUELQU'UN...
QUI ME COMPRENDRAIT...

ATTENDS !
TU NE VEUX PAS ÊTRE MON AMI ?
... HEIN ?
MOI ?
PFU !
TU N'ES PAS BANALE, TOI !

C'ÉTAIT IL Y A TROIS ANS...
IL A DE BONS CÔTÉS AUSSI...
KYÔHEI KATAOKA, JE CROIS...
VIENS ME VOIR AU MATCH !
0908446
EST-CE QUE JE DOIS EN PARLER À SORA... ?

J'EN AI MARRE D'ÊTRE TA SŒUR...
JE TE DÉTESTE !
BOUM

SI ELLE APPRENAIT QU'ON EST AMIS...
ELLE RISQUE DE NE PLUS ME SOURIRE À NOUVEAU...

STORY
5

VHHH
VHHH

ALLÔ ? QU'EST-CE QU'IL Y A, À CETTE HEURE ?
TU AS UN MATCH AMICAL, NON ?
C'EST TA SŒUR QUI TE L'A DIT ?
... OUI.
JE NE PENSAIS PAS QU'ELLE SERAIT DANS LE MÊME CLUB QUE MOI...
TU PARLES D'UN HASARD !

...
DIS...
HUM ?
NE LUI DIS SURTOUT PAS QU'ON EST AMIS !
S'IL TE PLAÎT...
NE LUI EN PARLE PAS !
BON...
TRÈS BIEN.
SI C'EST CE QUE TU VEUX...

C'EST MIEUX AINSI.
PiP
J'EN SUIS PERSUADÉE...
...
BON, EN CE QUI CONCERNE LES PROPOSITIONS FAITES POUR LA FÊTE DE L'ÉCOLE...

HOOOOO !
NOTRE CLASSE EST RETENUE POUR LE CAFÉ !
QUE CHAQUE GROUPE SE METTE À LA TÂCHE IMPARTIE.
WHAA
WHAA
CLANG
J'AI HÂTE D'Y ÊTRE !
ON VA FAIRE LES COURSES ?
VIENS !
SENPAI...
...

CES DEUX PASSAGES ME TITILLENT ENCORE UN PEU…
JE SUIS SÛRE QUE ÇA A UN RAPPORT…
JE DOIS ABSOLUMENT VÉRIFIER !
CE QU'ON T'AVAIT DIT SUR KATAOKA ?
C'ÉTAIT QUOI, DÉJÀ ?
ON A PARLÉ DE QUOI ?
HEIN !?!
AU SUJET DE LA FILLE QU'IL AIME…
HA, ÇA ?
HA OUI…

AU COLLÈGE, C'EST ÇA ?
AUX COURS PRIVÉS ?
UNE SEMAINE QUE JE DEMANDE PARTOUT SANS RIEN APPRENDRE...
APPAREMMENT PERSONNE N'A ÉTÉ DANS LES MÊMES COURS QUE LUI...
ET SI J'ALLAIS QUESTIONNER UNE AUTRE CLASSE ?
MARCHÉ
...
HO !
POM
!!!

ON PEUT SAVOIR POURQUOI TU INTERROGES TOUT LE MONDE À MON SUJET ?
HIII ! IL L'A SU !?!
HEU, JE...
JE VOULAIS JUSTE SAVOIR UN PETIT TRUC...
DU GENRE... ?
SHiii
JE... JE LUI DIS FRANCHE MENT, OU PAS... ?

ON M'A DIT QUE TU AIMAIS ENCORE LA FILLE POUR QUI TU CRAQUAIS AU COLLÈGE, ALORS...
EST-CE QUE C'EST VRAI ?
FÊTE
!!!
MAIS...
QUI A DIT ÇA... ?
LA FOIS OÙ TU ÉTAIS DANS LA SALLE DU CLUB...
ÇA A UN RAPPORT AVEC ÇA ?

J'AI...
J'AI TOUT LÂCHÉ !
" NE LUI DIS PAS QU'ON EST AMIS. "
...

POUR TOUT LE MON
DANSE
BOULETTES
JE TE JURE...
3-5
HOROSCOPES DE COUPLES
QUI EST-CE QUI T'A RACONTÉ CES ÂNERIES ?
HEIN ?
ALORS ÇA N'A RIEN À VOIR ?
BIEN SÛR QUE NON...
HA...
JE N'AI RIEN DIT !
EN PLUS TU NE DEVAIS PAS EN PARLER !
D'AILLEURS TU AS L'AIR EN FORME CES TEMPS-CI, ÇA VA MIEUX AVEC TA SŒUR ?
MISS
HAA...
BALLON
HA !
SALON NINJA

ÇA VA BEAUCOUP MIEUX !
ON SE PARLE PRESQUE COMME AVANT, MAINTE-NANT !
BON...
C'EST UNE BONNE CHOSE.

TOILET
MARCHÉ
HOROSCOPES DE COUPLES
FÊTE
1-6
ザワ WHAA
SORA !
ザワ WHAA
ON T'A VUE CAUSER AVEC LE CAPITAINE ! ♡
DEPUIS QUAND EST-CE QUE VOUS VOUS ENTENDEZ AUSSI BIEN ?

HEU... ON DISCUTE JUSTE NORMALE-MENT...
BLOOOM
BIEN SÛR QUE NON !
C'EST BIEN CE CAPITAINE EFFRAYANT ... ?
CELUI QUI NOUS A BALANCÉ DES BALLES !!!
IL N'EST GENTIL QU'AVEC TOI !
JE SUIS CERTAINE QUE TU LUI PLAIS AUSSI !
SORA !!!
FAIS-LUI TA DÉCLARATION À LA FÊTE DE L'ÉCOLE !
HEIN !?!
MAIS, JE NE PEUX PAS...
HEIN ? MAIS...
ÇA VA ALLER, ON TE DIT !
TU FERAIS MIEUX DE TE DÉPÊCHER, TENTE TA CHANCE !
MOI, LUI DEMANDER DE SORTIR AVEC MOI... ?

VOUS... VOUS CROYEZ ?
MAIS OUI !!!
UNE DÉCLARATION...
C'EST MARRANT...
POUR LA PREMIÈRE FOIS, J'AI L'IMPRESSION QUE ÇA VA PEUT-ÊTRE MARCHER...

POM
HIIII ! À LA FÊTE DE L'ÉCOLE !!!
JE NE LE CROIS PAS !
COMMENT EST-CE QUE JE VAIS LUI DEMANDER ?
CLAP
SORA, LA SALLE DE BAIN EST LIBRE !
SORA...
VA VITE TE LAVER !
!!!
BAAH

DIS, TU ES LIBRE CE WEEK-END ?
ON A LA FÊTE DE L'ÉCOLE, TU NE VEUX PAS VENIR ?
HEIN... ?
ON FAIT UN STAND CAFÉ !
ET AVEC MON CLUB, UNE MAISON DES HORREURS !
C'EST TRÈS GENTIL, MAIS J'AI DES EXAMENS BLANCS TOUT LE WEEK-END...

AH BON, DOMMAGE…
DÉSO-LÉE…
…
UNE DÉCLARA-TION…
UNE DÉCLA-RATION D'AMOUR …
UNE DÉCLARA-TION À SENPAI…

?
!!!
IMPOS-SIBLE !
JE SUIS BEAUCOUP TROP TENDUE POUR DIRE QUOI QUE CE SOIT !
?
WHAAAA !
HO, TU RENTRES ?

C'EST TOUJOURS COMME ÇA, PERSONNE NE RESTE AIDER JUSQU'AU BOUT !
HA HA...
BAH, HEUREUSEMENT C'EST PRESQUE FINI...
ON EST DANS LES TEMPS !
PAS ENCORE ! PUISQUE TU ES LÀ, FILE-MOI UN COUP DE MAIN !
HA...
BIEN !!!
TENTION
pas courir
rien toucher
rien casser
APPUIE BIEN ICI...
D'AC-CORD...

VOILÀ, C'EST FINI...
POM
AH, PARDON !

BOUM
BOUM
BOUM
APRÈS LES COURS, IL N'Y A PLUS PERSONNE...
BOUM
DONUTS
2-3
2e A CRÊPES
C'EST LE MOMENT...
BOUM
ATTENTION
Ne pas courir
Ne rien toucher
Ne rien casser
SE...
SENPAI, JE...
BOUM
J'ÉTAIS TELLEMENT SUR MON NUAGE...

JE T'AIME !
MOINS DE TROIS PERSONNES
QUE JE N'AVAIS PAS REMARQUÉ LE SOURIRE DE MA SOEUR S'ASSOMBRIR...

NI QUE SENPAI...
SEMBLAIT VRAIMENT GÊNÉ.

STORY
6

SENPAI, JE...
ATTENTION
JE T'AIME !

QUOI... ?
ÇA Y EST...
C'EST DIT...
J'AI PEUR...
ET LUI ?
QU'EST-CE QU'IL VA ME RÉPONDRE...
...

ATTENTION
Ne pas courir
Ne rien toucher
Ne rien casser
EXCUSE-MOI...
JE T'AIME BIEN AU CLUB, MAIS...
JE NE TE CONSIDÈRE PAS COMME QUELQU'UN AVEC QUI JE POURRAIS SORTIR.
JE SUIS VRAIMENT DÉSOLÉ...

PA...
PARDON ! JE N'AURAIS PAS DÛ DIRE ÇA...
HA, MAIS NON...
BON, JE RENTRE AUSSI !
...
CLUB DE BASKET

2e A CRÊPES
IL N'A PAS VOULU...
HAA...
J'EN ÉTAIS SÛRE...
HAA...
HAA...
HAA...

JE SUIS
NULLE...
ザワ
WHAA
ザワ
WHAA
TE DE L'ÉCOLE

SALUT, SORA !
ÇA Y EST, C'EST LA FÊTE DE...
GLOUP
!?!
HIGHHH
SALUT...
MAIS... C'EST QUOI, CETTE TÊTE !?!
HA HA HA... TOUT VA BIEN...
ARRÊTE, JE VOIS BIEN QUE CE N'EST PAS LE CAS !
...
... NON...
?

J'AI AVOUÉ À KATAOKA SENPAI CE QUE JE RESSENS POUR LUI, HIER...
MAIS IL A DIT NON.
NON...
C'EST BIEN, TU AS ÉTÉ TRÈS COURA-GEUSE...
ON VA SE CHANGER LES IDÉES...

TAKASU, C'EST LE DERNIER CARTON À TRANSPORTER.
HA, D'ACCORD.

CLUB DE VOLLEY
MAISON DES HORREURS
WHAA
WHAA
HAA... JE SUIS BIEN OBLIGÉE D'AIDER AU CLUB, POURTANT !
MON TOUR VA ARRIVER...
FOUip
FOUip
LE PROBLÈME, C'EST QUE JE N'AI PAS TROP ENVIE DE LE CROISER MAINTENANT !
FOUip
TANT PIS, JE NE SUIS PAS PRÊTE ! ON VERRA PLUS TARD !
POM
!!!

AÏE...
PHOT
...
CRÊPES
MAISON DES
ORREURS
... !!! SENPAI !!!
JE...
JE VOULAIS À TOUT PRIX L'ÉVITER...
化祭
SI JE POUVAIS ÊTRE À MILLE LIEUES D'ICI...
...
...
...
...
...

RELAX, SOYONS NORMALE...
JE SUIS ALLÉE VOIR NOTRE STAND, IL Y A UN SACRÉ MONDE !
AH, C'EST À TON TOUR D'AIDER ?
JE VIENS JUSTE D'ARRIVER AUSSI...
OUF...
?

PHOTOS
CONTENT DE VOIR QUE TU ES COMME D'HABITUDE.
... HEIN ?
J'AVAIS PEUR QUE TU N'OSES PAS VENIR...
OU QUE TU NE VEUILLES PLUS ME PARLER.
JE NE SUIS PAS LA SEULE...
QUI AVAIT PEUR DE SE RECROISER... ?

" CERTAINS TE VOIENT TELLE QUE TU ES VRAIMENT. "
IL N'A PAS VOULU DE MES SENTIMENTS, MAIS IL S'OCCUPE BIEN DE MOI EN TANT QUE PLUS JEUNE DU CLUB.
BON, ON VA LES AIDER UN PEU ?
JE NE DOIS PAS GÂCHER TOUT ÇA.

J'ARRIVE !
C'EST ENCORE DOULOUREUX, MAIS...
JE DOIS AVANCER...
ENTRÉE
CRÊPE

ごろーん
BLOM
SORA !!! CE N'EST PAS PARCE QUE VOUS RATTRAPEZ LES JOURS DE LA FÊTE DE L'ÉCOLE...
QUE TU DOIS FLEMMARDER, VA RÉVISER !!!
LES EXAMENS APPROCHENT À GRANDS PAS !!!

C'EST BON, TU ME SOÛLES...
J'ESSAIE DE ME REMETTRE DE MA DÉCEPTION, MOI...
PARDON !?!
HA... BON, PUISQUE TU N'AS RIEN À FAIRE...
...
PAS DU TOUT, JE SUIS TRÈS OCCUPÉE !!!
VA À LA BIBLIOTHÈQUE POUR RAPPORTER SON PORTABLE À TA SŒUR.
ELLE L'A OUBLIÉ...
HEIN ?
DÉSOLÉE, JE DOIS RÉVISER.
PAS DE TEMPS DE FAINÉANTER, HEIN ?
GROUILLE-TOI !
C'EST ABUSÉ !!!

BIBLIOTHÈQUE MUNICIPALE
ALORS, OÙ EST-ELLE… ?
…
CE N'EST PAS UN ENDROIT POUR MOI…
HAA…
OÙ EST-CE QU'ELLE SE CACHE … ?
HA, LA VOILÀ !
GRANDE SŒUR…

CELUI-LÀ ?
OUI...

TIENS...
MERCI...
DÉSOLÉE, TU AURAIS SÛREMENT PRÉFÉRÉ TE REPOSER APRÈS LA FÊTE...
MAIS NON, EN PLUS ON N'AVAIT PAS D'ENTRAÎNE-MENT.
BOUM
MAIS...
QUE... ?
BOUM

BOUM
BOUM
BOUM
POURQUOI... ?
BOUM
QU'EST-CE QU'ILS FONT ENSEMBLE ?
ILS...
SE CONNAIS-SAIENT... ?

DEPUIS QUAND ?
JE CROYAIS QU'ILS N'AVAIENT AUCUN POINT EN COMMUN...
COMMENT EST-CE QUE... ?
...
ÉVIDEMMENT...
C'EST COMME D'HABITUDE, TOUJOURS MA SŒUR...

SENPAI AUSSI...
LA PRÉFÈRE À MOI...

STORY
7

ÉVIDEMMENT...

IL LA PRÉFÈRE À MOI...
... SORA ?
BOUM...

ELLE M'A VUE !
QU'EST-CE QU'IL Y A ?
HEU, JE CROIS QUE…
JE NE VEUX PAS LE VOIR…
?
GNiii
SHiii

!!
SORA...
SHAA

HÉ HÉ HÉ ! TU M'AS VUE ?
MAMAN M'A DEMANDÉE DE TE RAPPORTER TON PORTABLE.
ÇA M'A SURPRIS DE VOUS TROUVER ENSEMBLE !
VOUS VOUS CONNAISSIEZ, ALORS ?
SAAAH
...

!?!
DAAAAH
SUZUKI !?!
... HEIN ?
MAIS...
QU'EST-CE QU'ELLE A ?
?
?
MOI QUI ME SUIS FAITE VIOLENCE POUR ME MONTRER...
GRANDE SŒUR... ?
GNii
ATTENDS, SUZUKI !

ON S'EST RENCONTRÉS AU COLLÈGE, AUX MÊMES COURS DU SOIR.
HEIN... ?
TU DOIS CROIRE QU'ELLE TE LE CACHAIT, MAIS CE N'EST PAS LE CAS.
MOI NON PLUS, JE NE SAVAIS PAS QUE VOUS ÉTIEZ SŒURS JUSQU'À L'AUTRE JOUR.

JE N'AI PAS OSÉ TE LE DIRE PARCE QUE JE NE VOULAIS PAS QUE TU LE PRENNES MAL...
IL FAIT TOUJOURS CE QU'IL PEUT POUR MOI...
NE T'EN FAIS PAS !
JE VAIS JUSTE LUI RENDRE !
HEU... BIEN...

C'EST GRÂCE À TOI QUE JE ME SUIS MISE À M'AIMER AUSSI.
JE SAIS QUE TU PRENDS SOIN DE MOI EN TANT QUE CAMARADE, ALORS...
JE NE FERAI PLUS COMME AVANT, NE TE FAIS PAS DE SOUCI !

BON, J'Y VAIS !

TAP
TAP
...
... AH !
TAP
TAP
TU ÉTAIS LÀ ?
...
TIENS, TU AVAIS OUBLIÉ ÇA.
HEU...
MERCI...

...
SO...
SORA...
QUAND TU M'AS PARLÉ DE LA PERSONNE QUE TU AIMAIS...
JE N'AI PAS OSÉ TE DIRE QUE JE LE CON-NAISSAIS.
J'AVAIS PEUR QUE TU TE FASSES DES IDÉES ET QUE TU T'ÉLOIGNES...
POUR UNE FOIS QU'ON SE REPARLE UN PEU...
POUR...

JE TE JURE QU'ON EST JUSTE AMIS, JE NE VOULAIS PAS TE LE CACHER...
SURTOUT NE CROIS PAS DES CHOSES...
...
JE RÊVE... ?
ELLE, ELLE AVAIT PEUR QUE JE L'ÉVITE... ?
C'EST...
C'EST BON, J'AI COMPRIS.

JE NE SAVAIS PAS...
QUE TU CRAIGNAIS ÇA.
DÉSOLÉE...
MAIS...
JE T'ASSURE QUE TOUT VA BIEN.

MOI QUI CROYAIS...
BON, JE RENTRE !
QU'ELLE ALLAIT ENCORE PLEURER EN LUI REJETANT LA FAUTE...

HAA...
HAA...
ENCORE AVEC MA SŒUR...
SI J'AVAIS IMAGINÉ TOMBER SUR UNE SCÈNE PAREILLE...
BAH...
DE TOUTE FAÇON...
MÊME PAR LE PASSÉ, ELLE N'AVAIT RIEN FAIT DE MAL...

TANT PIS, ON N'Y PEUT RIEN…
SI SEULEMENT JE POUVAIS L'OUBLIER …
とぼ TAP
とぼ TAP
…
SUZUKI ?

TAKASU ?
QU'EST-CE QUE TU FAIS ICI ?

JE SUIS PASSÉ VOIR UN COPAIN...
ET TOI ? TU HABITES DANS LE COIN ?
HEU, OUI...
WOUAH, JE NE LE CROIS PAS !
J'ESPÈRE QUE JE N'AI PAS LES YEUX ROUGES, À CAUSE DE TOUT À L'HEURE...
DÉSOLÉ DE TE DEMANDER ÇA, MAIS...
?

IL S'EST PASSÉ QUELQUE CHOSE AVEC LE CAPITAINE ?

POM
POM
HO !
TU VIENS DE RENTRER, KYÔHEI ?
GRAND FRÈRE...
TOUT LE MONDE ME COMPARE À LUI...
YÛSUKE !
POURQUOI EST-CE QUE TU N'AS PAS PASSÉ LES EXAMENS !?!
BAH, COMME TU PEUX LE VOIR..
SHiii
VLAAAM

HAA...
PID.

JE ME LA JOUE, MAIS ELLE EST BIEN PLUS ÉVOLUÉE QUE MOI...
C'EST GRÂCE À TOI QUE JE ME SUIS MISE À M'AIMER AUSSI.

« À suivre... »

BONJOUR ET ENCHANTÉE !
MERCI À TOUS D'AVOIR ACHETÉ CE VOLUME DE IS THIS FEELING LOVE !
C'EST LA PREMIÈRE FOIS QUE JE SUIS PUBLÉE DANS CETTE MAISON D ÉDITION JAPONAISE ALORS J'ÉTAIS UN PEU STRESSÉE,
J'ESPÈRE QU'IL VOUS A PLU MALGRÉ TOUT ?
AU PLAISIR DE VOUS REVOIR AU VOLUME 2 !

☆ SPECIAL THANKS ☆

- MA RESPONSABLE MME S
- TOUS CEUX QUI ONT PARTICIPÉ À LA PARUTION DE CE MANGA
- M. ASAMI, MLLE YUKA S.
- MLLE MISAKI K., MME NANAMI K.
- MME CHIKA Y., MLLE YUNI O.
- MLLE MAYUMI S.

MES AMIS, MA FAMILLE, ET TOUS LES FIDÈLES LECTEURS, UN GRAND MERCI À TOUS !

MERCI ÉGALEMENT À TOUS CEUX QUI M'ÉCRIVENT !
J'ESSAIE DE RÉPONDRE 1 OU 2 FOIS PAR AN, ALORS N'HÉSITEZ PAS À M'ENVOYER VOS COMMENTAIRES.

EDITIONS SOLEIL MANGA
25 RUE TITON
75011 PARIS

☆ JE TIENS ÉGALEMENT UN BLOG (À CETTE DATE, MAI 2012), OÙ VOUS TROUVEREZ PAS MAL D'INFORMATIONS :
HTTP://SAKI-REAL-ME2.COCOLOG-NIFTY.COM/

ÇA NE PEUT PAS CONTINUER AINSI...
LEUR RELATION VA FORTEMENT ÉVOLUER.
C'EST MOI QUI VAIS M'OCCUPER DE SES ENTRAINEMENTS.
TAKASU A DÉCIDÉ D'AGIR !
Is This Feeling Love?
BIENTÔT EN VENTE !

SOLEIL MANGA

Écrivez-nous à :
Soleil Manga
25, rue Titon
75011 Paris - France
manga@soleilprod.com

15, bd de Strasbourg
83000 Toulon - France
Conception et réalisation graphique : Studio Soleil
Traduction : Julie Gerriet
Lettrage : Studio Charon
Dépôt légal : Juillet 2013
ISBN : 978-2-30202-571-4
Impression : Ercom - Italie